이제 곧 죽습니다 2

Contents

이제곧
죽습니다

chapter_____ 12

인간 사냥

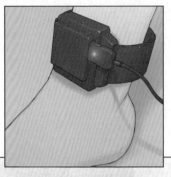

쯧, 그 와중에
완충됐네…

근데 전자발찌는
그냥 이렇게 충전만 하면
되는 건가?

뭐야… 또
원래 몸 주인의 기억?

근데 대체
어떻게 죽는 걸까…?

설명해줘서 고맙긴 한데…
뭔가 알려주고 싶을 때만
알려주는 느낌이야…

전자발찌 충전하다가
감전사라도 하나?

그럴 리는 없고…
흠…

8

어후,
이러다 굶어 죽겠네.
일단 뭐라도 먹자.

끙차

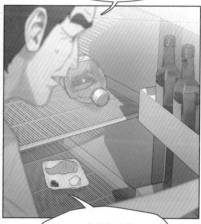

아니 이놈은 밥도
안 해먹고 살았나?

덜컹

어떻게 집에
먹을 게 하나도 없어?

…하긴 이런 쓰레기 같은
인간이 살림을 제대로 하고
살았을 리가 없지…

밥 사먹을
돈은 있나?

돈도 없어…?
하…

어?

신용카드는
있네.

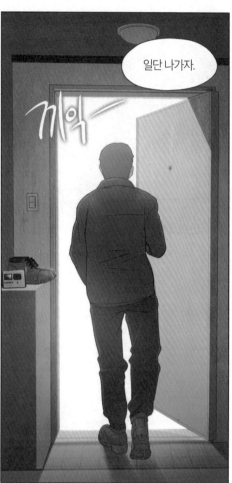

일단 나가자.

여보세요?

지금 출입 금지 구역 진입하셨습니다.

당장 벗어나세요.

예? 출입 금지…?

하아… 다 아시는 분이 왜 갑자기 모르는 척 하세요.

근처에 어린이집이 있습니다.

그러니까 빨리 자리 옮기세요.

아… 알겠습니다.

바로 옮길게요. 죄송합니다.

터벅

터벅

삐리리

예?

또 금지 구역이라고요?

띡

알겠습니다…

터덜

터덜

하아…

이거 진짜
엄청 불편하네.

발목도 아프고…

힐끔

하긴,
죽을죄를 지은 놈들은
이렇게 해도 싸지.

터벅

터벅..

…근데 그게 내가
지은 죄는 아니잖아!

부들

부들

왜 내가
이런 꼴을 당해야 해!

…라고 하겠지.

그 인간, 아니,

그… 존재는.

그야 너도
벌을 받는 거니까.

하아…

그냥 동네
편의점이나 가자.

터벅

어서오…

아이 씨ㅂ…

?!

설마 아니겠지…

방금 욕한 건가?

X발 재수가
없을라니깐…

별 X같은 게
동네에 살아가지고…

!!

진짜 나한테
욕한 거였어?

아… 동네 사람들은
이놈을 다 아는 건가?

하긴 주민들한테 성범죄자
신상정보도 공개했을 테고

엄청 악명 높은
사건이었으니까…

중얼

여기서
먹고 가려고 했는데
그냥 가야겠다…

따랑

무섭네…
저 사람이 혐오하는 건
내가 아니라 유길학
이라는 걸 아는데도,

그저 그 혐오를
마주한다는 것 자체가…

죄, 죄송합니다.

!

어?

에이~ 맞잖아?

왜 거짓말해요?

야, 찾았어.
여기로 튀어와.

다, 당신 대체
뭐하는 겁니까?

아~ 그게,
제가 인터넷에서
추천 수 1만 개가 넘으면
공약을 실천하기로
했거든요?

똑 똑

근데 진짜
1만 개가 넘었어요.

그게 나랑
무슨 상관인데?

당연히 상관 있죠~

이제 곧
죽습니다
chapter_____13

어떤 도움

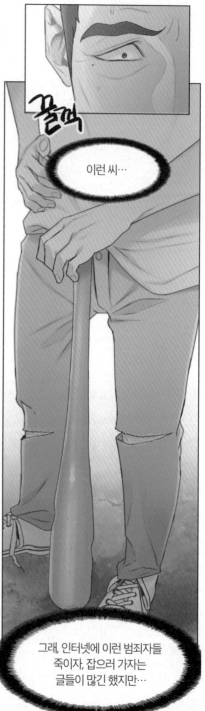

꿀떡

이런 씨…

그래, 인터넷에 이런 범죄자들
죽이자, 잡으러 가자는
글들이 많긴 했지만…

이렇게 진짜 실행에
옮기는 놈들이
있을 줄이야!

아저씨~
눈알 굴리는 소리
여기까지 들리는데?

무슨 생각해?

무슨 생각은…

아니,
진짜 사냥은
이제 시작이지.

아… X됐다…

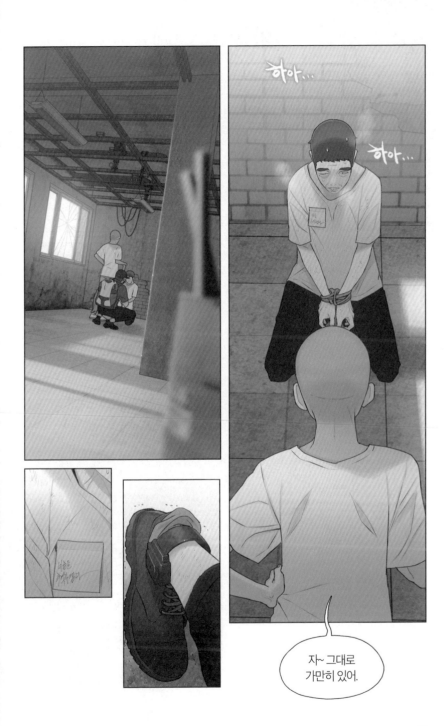

이런 진짜 X발…

야, 잘 찍었어?

아~
뭔가 약한데?

사냥 인증샷으로 쓰기엔
임팩트가 부족해.

흠…

그럼 더 센 걸
찍어야 하나?

피도 좀 많이 나고?

…!?

35

피도 좋긴 한데…
그런 거 있잖아.

맞아서 고개가 돌아가거나,
얼굴이 일그러지거나…
타격감, 역동성. 뭐 그런 거.

그럼 내가 그냥
이걸로 X나 두들겨 팰 테니까
연속촬영 해 보는 거 어때?

그러면 하나
건질 수도 있잖아?

그래?

오~
굿 아이디어.
좋아.

뭐…. 뭐라고…?

뭐야,
아저씨 쫄았어?

진짜?

40

오… 이거 대박!
하나 건지겠는데…

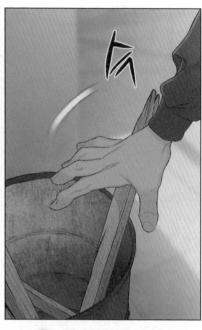

어차피 이번 생은 그냥
빨리 죽고 싶긴 했지만…

이건 너무 아프잖아…

야, 잘 찍고 있어?

쯧…
어디서 이런 흉악한
짓들을 하고 있어?

!?

사진 삭제

아저씨, 괜찮으세요?

예…?

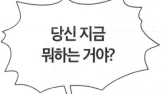

당신 지금
뭐하는 거야?

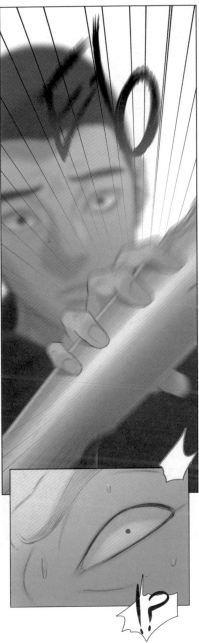

하…

죽어?

!?

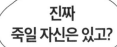

진짜
죽일 자신은 있고?

대체 지금 뭐가
어떻게 돌아가는 거야…!?

이제 곧 죽습니다

chapter_____14

어떤 정의구현

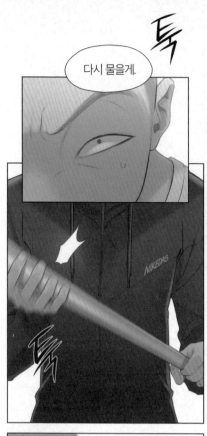

다시 물을게.

진짜 나를
죽일 자신은 있냐고.

아, 무기가
신경 쓰인다?

알았어.

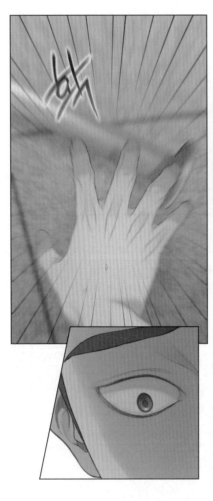

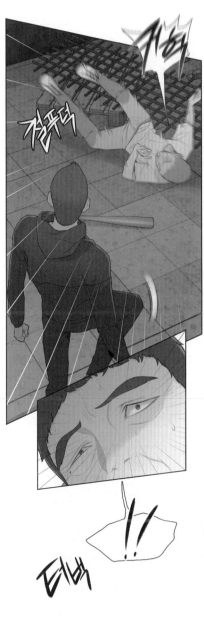

나?

너처럼
아무것도 아니지는
않은 놈이지.

빼억!!

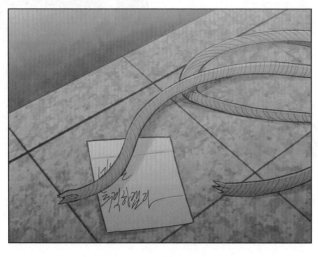

어쨌든
이렇게 맞아죽는 건
아닌가 보군.

이놈으로
더 살아야 한다니.

하아…
이게 잘된 건지
아닌지 모르겠다.

괜찮으세요?
많이 다치신 건
아니죠?

아…
괜찮습니다.

정말…

정말
고맙습니다…!

어흑‥

아, 아저씨!
어디 아프세요?

아뇨,
괜찮은데…

아니 사실…

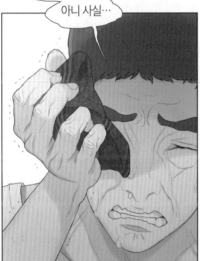

너무 겁이 많이
났거든요.

그래서…
너무 고마워서…

……

내가 너희 굴욕
사진도 다 찍어 놨거든?
허튼짓하면 그거 인터넷에
다 뿌려버린다.

알았어?

아! 그래.

아저씨도
이놈들 때리고
싶으시죠?

맞은 복수는
해야죠.

아, 아뇨!
전 됐습니다.

그런 건
끔찍해서…

그래요…?

그럼 가시죠.
제가 집까지 바래다
드릴게요.

다치셨으니까.

멀쩡하게 생겨서…
싸움도 엄청 잘하네.

나랑은 전혀
다른 종족이군…

근데 저 둘
저렇게 놔둬도
될까요?

괜찮아요.
좀 약하게 묶어 놨으니
고생 좀 하다가 풀고
나올 거예요.

그런데 어떻게
알고 와서 구해주신
겁니까?

그렇군요…

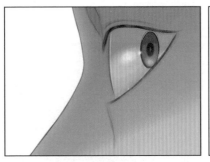

아…

아까 이 앞에서
저 두 놈이 아저씨를 끌고
들어가는 걸 우연히
봤거든요

사실 그냥
가려고 했는데

아무래도
신경 쓰여서
따라 들어갔더니…

그런 나쁜 짓들을
하고 있어서…

저…

역시 봤었구나…

제가
누군지 아시죠?

아니면
혹시 잘 모르시고…

그 빡빡이 놈이
하는 말 들었어요

아저씨가
유명한 성범죄자라고…

사실 아까
전자발찌도 봤고요

그런데 왜 구해주셨습니까?
그런 범죄자를…

제가 아저씨를 구하는 거랑
아저씨가 과거에 범죄자였던 건
아무 상관도 없어요.

정말 중요한 건
사람이 위험에 처한 것을
내 두 눈으로
목격했다는 거고,

그런 상황에서
옳은 선택은 위험에 처한 사람을
구하는 것뿐이니까요.

거기서 아저씨가
과거에 범죄자였다는
이유로 외면하면

그건 나도 똑같이 죄를
짓는 거라고 생각해요.

또… 아저씨 같은
사람에게도 기회가 있으면
좋겠다고 생각했어요.

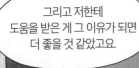
그리고 저한테
도움을 받은 게 그 이유가 되면
더 좋을 것 같았고요.

정말…

정말 나 같은
인간과는 전혀 다른…
그런 인간이다.

아, 다 왔네요.
저기가 제 집이에요.

아…

저기군요…

그런데
그 손은 괜찮아요?

다친 거
아니에요?

아뇨, 그냥 살짝…

손이요?

괜찮아요.
걱정 마시고
들어가세요.

그럼…

정말 고마웠습니다.

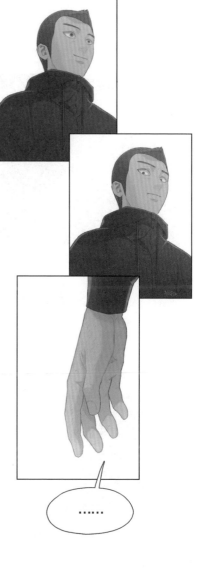

……

X발!!

야, 좀 풀어봐!

나도 하고 있어!

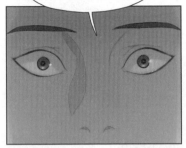

일단, 대답해주자면
묶거나 묶이는 건 별로
내 취향은 아니야.

그리고 때리거나
맞는 것 중엔…

때리는 걸 좋아하지.

카각

카
각
강

그것도 아주 많이.

이제 곧 죽습니다

chapter_____15

구해준 이유

끼익

철퍽

후우…

탈

탈

하아…

그렇게
죽는 건 줄 알았는데…

그렇지만
잘된 건지는 모르겠다.

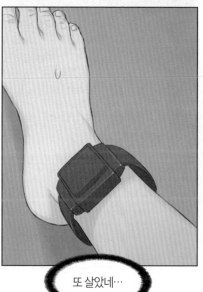

또 살았네…

이따위 X같은 인생은
더 살고 싶지도 않으니까.

그렇지만
또 맞아보니까
너무 아프고…

무섭다.

그런 놈들이 더 있어서
또 찾아오면 어떡하지…?

결국
맞아죽는 거
아니야?

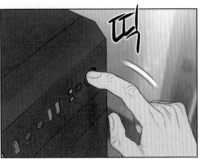

띡

인터넷에 검색하면
뭔가 더 나오지 않을까?

그래, 죽긴 죽어도
그렇게 맞아죽긴 싫다.

그런 계획을
세운 놈들이 또 있나
미리 찾아봐야겠어.

......

그런데
막상 검색창을 띄우자,
머릿속엔 다른 생각들이
비집고 들어왔다.

내 sns계정들은
그대로 있나?

혹시 내가 죽고 나서
사람들이 내 계정에
뭔가 쓰지 않았을까?

아니면
메일이나 메신저에도…

한 번 물꼬가 트이자,
그런 궁금증들이 걷잡을 수 없이
몰려왔다.

그건 마치 자기 장례식이
어떤 모습일지에 대한
궁금증과 다름없었다.

꿀꺽

하아…

내가 이럴까 봐
그동안 컴퓨터나 스마트폰도
자제했는데

폰을 해도
웹툰 정도만 보고…

하지만
궁금증을 이긴 건,
두려움이었다.

정말 누군가
나에게 글을 남겼을까 봐.

문제는, 자기 장례식은
어차피 확인할 수 없지만

지금은 마음을 먹으면
그럴 수 있다는 것이었다.

그렇게 죽음을
선택해버린 나를 탓하거나
원망할 수도 있고

어쩌면
마지막까지 비겁했다고
비웃을지도 모르니까.

죽었으면
그냥 끝나야지…

씨X… 왜…

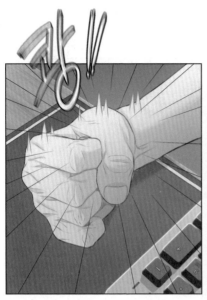

하던 거나
마저 하자.

정신 차리고

Boogle

유길학

유길학…

유길학 사건…

드르륵

그냥 옛날 뉴스 기사만
나오는데…

그나마도 출소 이후론
기사도 별로 없고

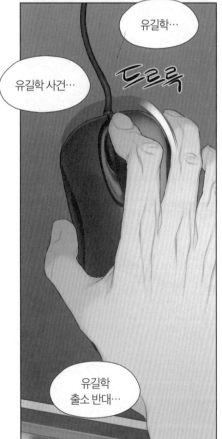

유길학
출소 반대…

하긴, 사실 유길학 이놈보다 더 유명한 성범죄자가 많았어.

멈칫

잠깐…

이거 뭐야?

알고 싶은 이야기 U
성범죄자 출소 그 이후

유길학 인터뷰 (빡침 주의)   10:23

근데 왜 출소하고 나서 갑자기 그런 미친 관심종자들한테 어그로가 끌린 거지?

뭐야 이거…

내가 이 몸에 들어오기 전에 찍은 건가?

딸깍

안녕하세요
유길학 씨 맞으시죠?

잠깐 이야기 좀
나눌 수 있을까요?

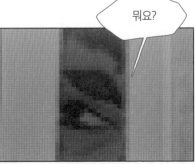

뭐요?

뭐야…
진짜 유길학이네.

저 문도 보니까
이 집이고…

아직도 피해자 분들이
이 근처에 살고 계신데요.

혹시 본인이
거주지를 옮기거나
하실 생각은 없으세요?

피해자?
누가 피해자야?

나는 그 씨X것들 때문에
징역을 갔다 왔는데.
나도 고통받았어!

뭐? 미안?
내가 미안할 게 뭐가 있어?

아… 피해자 분들에게
미안하거나 그러신 건
없어요?

나는 징역 때문에
인생이 다 망가졌는데!

뭘 더
어쩌라고?

하지만 계속
근처에 사시면 피해자분들이
불안해할 수 있잖아요

아, 더 할 말 없어.
가!

콰

몰라, 그러든 말든.
나도 억울한 게 많아!

이 개X같은 문이 왜 또 안 잠겨!

씨X!

이런 개 쓰레기 같은 X끼…

하아…

그냥 죽자.

이런 씨X놈은
그냥 죽어야 돼.

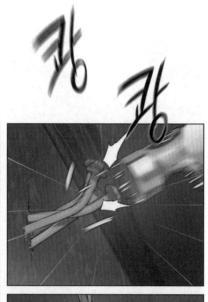

근데…

이래도 되나?

네가 죽어서
이곳에 돌아왔는데,
만약에 그 죽음의 이유가
너 자신이라면…

내 손으로 직접 너에게
죽을 것 같은 고통을,
죽지도 않고 계속 겪게 해주지

알겠어?

그래, 내가 뭘 어떻게 하든
어차피 날 엿 먹일 텐데
무슨 상관이야.

X발.

아저씨!!

이러시면
안 돼요!

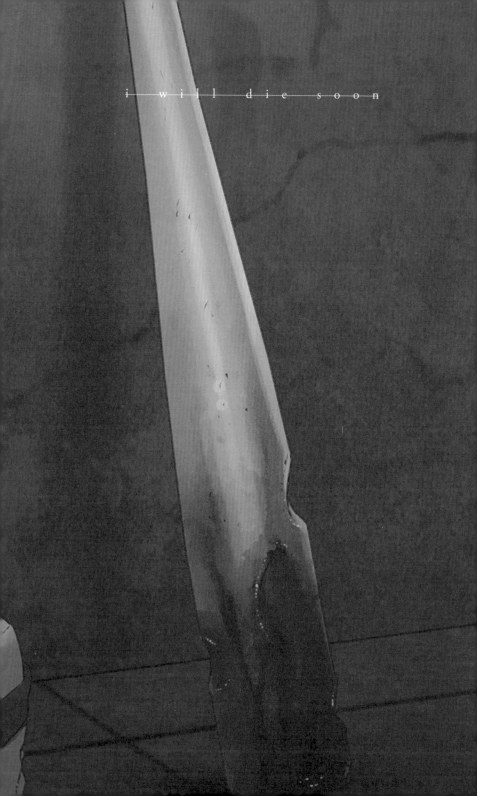

i will die soon

이제 곧 죽습니다

chapter_____ 16

작은 고통, 큰 재앙

뭐…?

다 들었잖아요.
뭐라고 했는지.

일단
이놈한테선
도망쳐야겠어!

어차피
죽으려고 마음먹었지만…

뭐야,
진심이네?

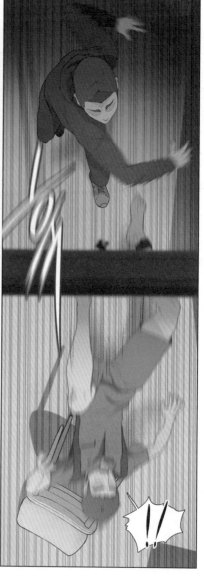

100

끄으...

그럼 나도 바로
진심으로 해야겠네.

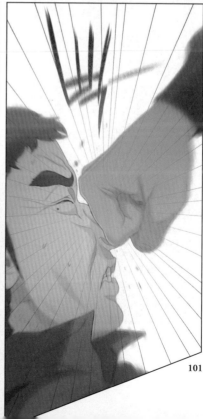

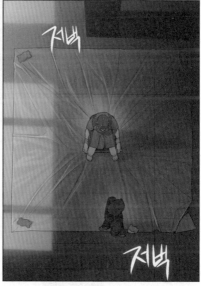

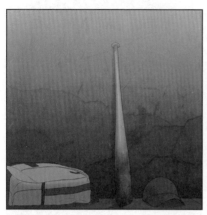

흐음~

흠~

참 편하네~

그놈들이 알아서
준비물도 다 챙겨놨고~
장소도 찾아놓고~

뭐야.
저 가방…

그 빡빡이 일행 놈이
매고 있던 거 아니야?
저 모자도…

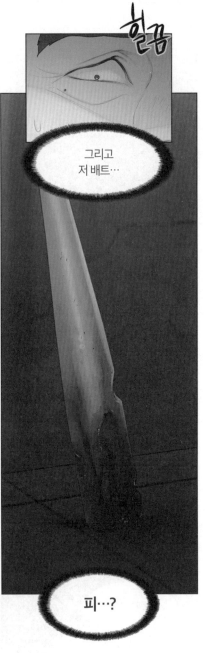

힐끔

그리고
저 배트…

피…?

아저씨, 눈알
열심히 굴리고 계시네.

슥

상황이 이해가
잘 안 가긴 하지?

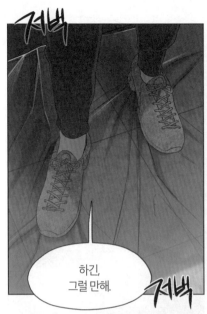

저벅

하긴,
그럴 만해.

저벅

슥

쿵

실그럭

그때 아저씨가
끌려간 걸 우연히 봤다는 건
거짓말이었어.

사실 며칠 전부터
아저씨를 지켜보고 있었거든.

죽이고 싶어서.

…!

근데 그 빡빡이가 갑자기 나타나서 아저씨를 낚아채 가는 거야!

혹시 그놈들이 나보다 먼저 아저씨를 죽여버릴까 봐 얼마나 전전긍긍했는지 알아?

그래서 바로 달려가서 아저씨를 구해줬지.

그게…
그런 거였어?

나는 그런 줄도
모르고 고마워하고…

울기까지 한 거야?

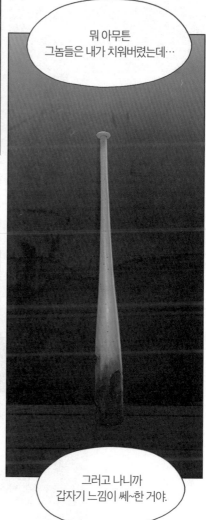

뭐 아무튼
그놈들은 내가 치워버렸는데…

그러고 나니까
갑자기 느낌이 쎄~한 거야.

또 그놈들처럼
아저씨를 노리는 놈들이
더 있으면 어쩌나,

아니면 그런 일을
당했으니 아저씨가 어디로
도망쳐버리진 않을까…

그래서 그냥
지금 바로 해버려야겠다
싶어서 갔더니

그런 생각들이
들더라고

어휴, 아저씨가
그러고 있을 줄이야…

그래도 뭐,
그렇게 찾아갔으니 아저씨를
이렇게 내 손으로 죽일 수 있게
된 거니까 다행이지.

110

안 그래?

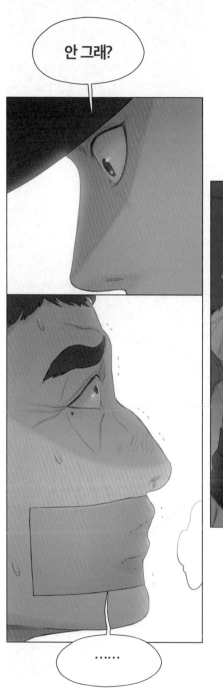

......

아~ 혼자
계속 주절주절 떠드니까
답답하네.

톡

이거 그냥 떼어버릴까?
어차피 여긴 비명 질러도
누가 오지도 않을 거고…

콕

여차하면 바로
쑤셔버리면 되니까.

물론 내가
안 그래도 되게 알아서
잘 할 거지?

끄덕

찌익―

그러니까…

애초부터
너도 날 죽이려고
쫓아다녔고…

네 손으로
직접 죽이고 싶어서
그때 날 구해줬다는 거지?

또… 아저씨 같은 사람에게도 기회가 있으면 좋겠다고 생각했어요

그러면…
날 구해주고 나서 그런 말은 왜 한 거야?

뭐?
무슨 말?

그리고 저한테 도움을 받은 게 그 이유가 되면 더 좋을 것 같았고요

아~ 그때?

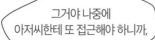
그거야 나중에
아저씨한테 또 접근해야 하니까,

믿음을 좀
얻어놔야겠다 싶어서
그런 거지.

왜? 그때
감동이라도 받으셨어?

그런데
아저씨가 내 생각보다…
뭐라고 해야 하지?

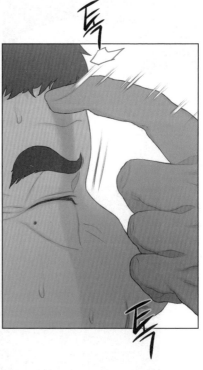

성격이 유약하다고 할까?

내가 아저씨
인터뷰 영상도 봤거든?

근데 거기
나온 거랑 너무 달라.

내가 구해줬다고
고맙다고 울지를 않나…

그놈들
때리고 싶지 않냐 했더니
끔찍하다고 하질 않나…

그럼 그런 범죄는
어떻게 저지른 거야?

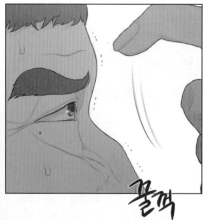

'나라서'
아저씨를
죽이는 거지.

'아저씨라서'
내가 죽이는 게
아니라.

'이번에는'

아저씨를
죽이기로 한 거라고.

이해가 돼?

뭐야,
그럼 이놈 혹시…

이제 곧 죽습니다

chapter_____17

죽음이 필요한 순간

뭐 쓸 만한 거 있나?

철그럭

철그럭

···그러니까
사람을 여러 번
죽여봤다는 건가?

당신
연쇄살인마야?

전자발찌 찬
성범죄자가 돼서
연쇄살인마한테
죽는구나.

진짜 별 갖은
방법으로 다 죽네.

푹

하아… 개 X발…

근데 아저씨는
살려달라고 빌거나
뭐 그런 거 안 해?

처음엔
포식자인줄 알았는데
먹잇감처럼 굴어서
이상했는데

막상 또
잡아먹힐 때가 되니까
무서워하질 않네?
거 참…

커억…!?

걱정 마.
얕게 찔렀어.

여기 잘못 찌르면
과다출혈로 죽는데

난 지금
아저씨를 금방
죽일 생각이 없거든.

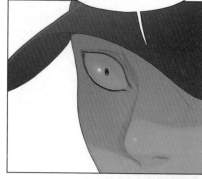

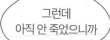
끄으윽...

그런데
아직 안 죽었으니까

지금 어차피 죽을 거란
생각이라서 대화하는 태도가
그따위인 거지?

덜덜

찌걱

태도를 똑바로 하는 게
좋을 거야.

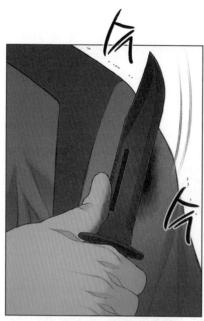

자, 그럼
대화를 계속 해볼까?

혹시
궁금한 건 없어?

뭐든…
뭐든 말해야 해.

흠…

그럼… 왜 유길…

아니, 나를
죽이기로 한 거지?

아저씨 혹시
스포일러가 뭔지 알아?

뭐야?
갑자기 뜬금없이…

…스토리의
반전이나 결말을 미리
말해버리는 거잖아.

저벅

저벅

그래, 그거.

요새 인터넷에 보면,
영화 스포일러 글을 엄청
열심히 쓰는 놈들이 있어.

저벅

아무 상관없는
뉴스에 댓글로
영화 결말을 쓰거나

더 지독한 놈들은
그냥 게시판 글 제목에
쓰기도 하고…

저벅

그놈들이
왜 그러는 줄 알아?

특히 사람들이
많이 기대하는 '대작영화'가
개봉했을 때 엄청 심해지지.

욱신

뭐, 사람들
열받으라고 그러겠지…

그래, 맞아.

게시판에서 악플을 달거나,
혐짤이나 낚시 글을 열심히 올리는
놈들도 마찬가지야.

이런 X발놈이
남의 몸에 칼을 박아놓고
대체 뭔 소리를
지껄이는 거야?

정확히는 자기의지로
다른 사람들의 감정을
변화시키고 싶은 욕망이
있는 거지.

나는 그걸
'예술가적 욕망'이라고
불러.

멈칫

훌륭한 예술가들은
자신의 재능으로 다른 사람들의
감정을 변화시킬 수 있어.

그런데 어떤 놈들은
예술적 재능은 없고
예술가적 욕망만
가지고 있는 거야.

그래서 스포일러니
악플이니 하는 저열한 방법으로라도
사람들의 반응을 이끌어 내고 싶어서
발악을 해대는 거지.

슬프지만
나도 그런 놈들과 비슷해.

예술가적 욕망은 들끓는데,
예술적 재능은 없어.

차이가 있다면
난 스포일러 대신
살인을 선택했을 뿐이지.

그리고 아저씨가
나한텐 대작영화야.

아저씨를 죽이면
아주 많은 사람들한테서
큰 반응을 얻어낼 수
있을 것 같거든.

뉴스기사에 리플이
아주 잔뜩 달릴 거야.

자~
이런 대작을
어떻게 해야 할까.

이런 개 미친 X끼…!

내가 생각을
해봤는데 말이야.

뭔가 아저씨를 향한
원한이나 분노에 가득 찬
사람이 한 것처럼
보이고 싶거든?

그러려면 상처를
더 많이 내줘야 할 것 같은데.
흠…

뭐…?

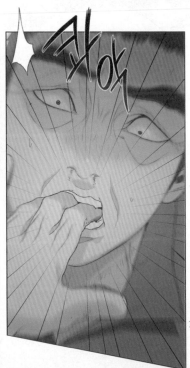

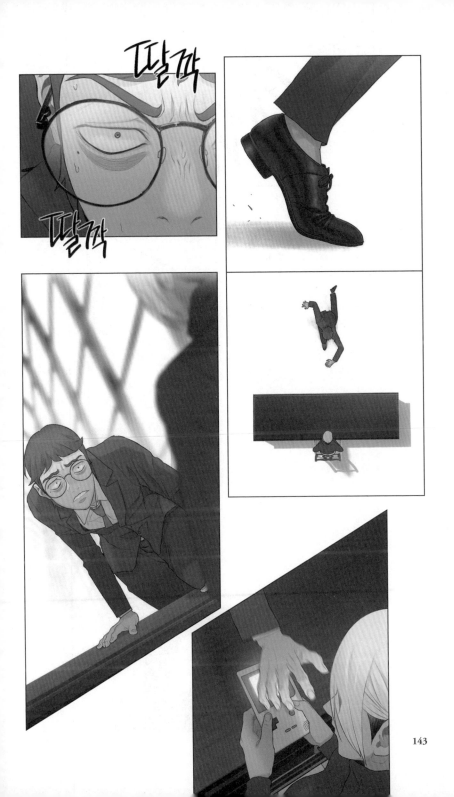

143

이제 그만해…

지금 뭐라고…?

이제
그만 하라고
X발!!!

i will die soon

이제곧 죽습니다

chapter _____ 18

이게 그렇게 큰 죄야?

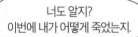
너도 알지?
이번에 내가 어떻게 죽었는지.

······

내가 그렇게
끔찍한 일을 당해야 할 정도로
그렇게 큰 죄를 지었어?

내가, 내가 스스로
죽은 게 그렇게 큰 죄야!?

어!?

죄를 지은 건
내가 아니라 나를 죽였던
그 X끼들이지!

그래서 대체
이렇게까지 하면서
나한테 원하는 게 뭐야?

정말
나를 심판하려고
하는 건가?

아니면 나한테
삶의 중요함에 대한
교훈이라도 주려고
이러는 거야?

아무리
그렇다고 해도…

당신이 아무리
신이라고 해도!

이래도 되는 거야?
어!? 대답해봐!

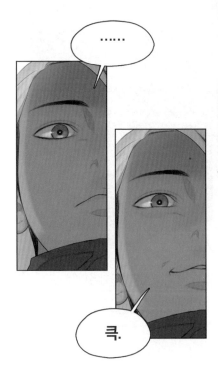

……

큭.

푸하핫!

웃어?

이이가 없어서
웃었다.

네가 말하는 것 중에
맞는 게 하나도 없어서.

!?

어떻게…?

너, 지금
상황을 제대로 이해한 게
하나도 없네.

죽음이라는
현상 혹은 개념.
그 자체라는 말이지.

······

지금 이 모습은
그저 인간을 상대하기 위해
취한 형상일 뿐이고.

그리고 두 번째.

처음부터 나는
네가 죄를 지어서 벌을 준다고
한 적이 없어.

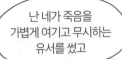
난 네가 죽음을
가볍게 여기고 무시하는
유서를 썼고

그게 날
열받게 했기 때문에
벌을 주겠다고 했지.

꾸욱

그러니까…

안 그래?

당신이
죽음 그 자체고…

내가 유서에서
죽음을 무시했으니까…

그렇지.
이제야 이해를 좀 하네.

난 너의 죄를
심판하는 게 전혀 아니야.

결국 내가
당신을 무시해서 나한테
화가 났다는 건가?

155

아무튼 네가
죄를 지었든 안 지었든

죄를 심판하는 것은
내 역할이 아니라는 거야.

그러니까
헷갈리지 마.

어차피 심판을
하고 싶은 마음도 없고

이건 죄에 대한
심판 같은 게 아니라

네가 날 화나게 했기 때문에
내가 개인적으로 내리는 벌이다.

음, 그렇겠지.

일단 설명을 해주자면,
인간이 죽기 직전
남기는 모든 유서들은
나에게 전달된다.

난 그걸
다 확인하지는 않아.
나는 산타클로스처럼
인자하지 못하거든.

그래도 아주,
아주 가끔가다 한번 대충
손에 집히는 대로 몇 개만
훑어보긴 해.

마치, 어린아이들이
산타클로스에게 쓴 편지처럼.
물론 내용은 그렇게 귀엽지가
못하지만 말이야.

그래서 네 말대로
나를 화나게 할 만한
유서가 아주 많았겠지만
나는 읽은 적이 없지.

그리고
그 내용이 정말 나를
화나게 만들었지.

그런데 마침
이번에 내 손에 집힌
유서가 네 유서였어.

그래서 너에게
직접 벌을 내리기로 한 거야.

…그러니까

그냥 내가 X나게
재수가 없었다고?

그게 좀 더
정확할지도 모르겠군.

내가 너를 '죄'를
지었기 때문에 벌을 주는 건
아니기도 하고

…그런데 나도
궁금한 게 좀 생겼어.

네가 스스로
죽음을 택한 것 자체도
죄라고 치지 않는다고 해도…

네가 정말
아무 죄가 없다고
자신해?

무슨 말이야?

너 스스로
정말 아무 죄가 없다고
생각 하냐고

저 위의 저울 앞에서
당당할 수 있을 만큼?

…!

덜덜

얼마나 더 끔찍한
꼴을 당하게 할지…

제발…

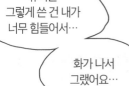

유서를
그렇게 쓴 건 내가
너무 힘들어서…

화가 나서
그랬어요…

죄송합니다…
죄송해요…

수

165

그러니까…

결국 전
계속 죽어야 한다는
말이군요

그렇겠지?

…그럼

그냥 빨리 쏴라.
그만 지껄이고.

167

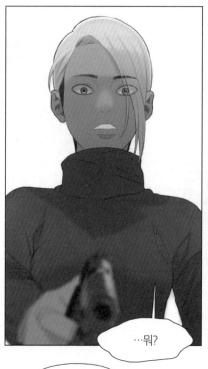

내가 뭔 짓을 하던 계속 이 개짓거리를 반복할 거라는 거잖아?

…뭐?

그러니까 그냥 빨리 쏘기나 하라고.

어차피 화풀이로 나한테 이러는 거잖아?

내가 빌어도 봐줄 생각도 없고?

내가 지은 죄에 대한 심판도 아니고 속죄하라는 것도 아닌데

내가 이걸 굳이 겸허하게 받아들일 필요가 있나?

엉?

168

이 X같은
화풀이가 끝날 때까지
그냥 버티면 되겠지.

그러니까
빨리 쏘기나 해.

뚝

그 망할 총으로

너…?

왜?
또 열받았어?

이제곧
죽습니다
chapter_____19
지금은 방송중

173

꾸악..

꿀꺽

씨X, 어차피
내가 어떻게 하든 X같은
상황은 그대로잖아.

내가 겁먹을수록
저 미친 화풀이에
놀아나게 될 뿐이야.

열받아서 내지르긴 했는데…
좀 후달리긴 하다.

부름

왜?
내가 설설 기지를 않으니까
재미가 없나?

화풀이를 망치는
좋은 방법은 원하는 반응을
해주지 않는 거지.

아니. 재밌어.

벌레 새끼가
밟혔으면 꿈틀거리기도
해야 재밌지.

뭐?

실컷
꿈틀거려보라고.

벌레 새끼답게.

종언

뭐야 이거…
인터넷 방송?

이 사람이 보고
있었던 건가?

설마…

끼잉

움찔

Live

!?

방송을 보고
있는 게 아니라…

방송을 하고
있는 거였어?

Live 채팅방

Millchan89 : ??
CAFENEUBO : ?????
Fechul : 뭐야?
jinpark3 : 갑자기 왜 멍 때림?
202YangPro : 뭐함?
jungpo0707 : ㅋㅋㅋㅋ
sunmisee22 : ㅋㅋㅋㅋㅋㅋㅋㅋ
Santagoon : ?
hwp0012 : ???ㅋㅋㅋㅋㅋ
WSLee : ?
goraewang : 뭐함?
DIETHELL : ??

179

기억 입력을
시작합니다.

이름 김구찬.

학창 시절,
그는 그렇게 특출난 부분은
없는 학생이었다.

방송 아이디 김귀찮.
나이 31세.

운동도 별 소질이 없고

공부는 못하진 않지만
모범생도 아니었다.

하지만,
그가 자신할 수 있는 게
딱 한 가지 있었다.

중학교에서도

고등학교에서도

어딜 가든
사람들이 모인 자리에선
언제나 그가 제일
'재밌는' 사람이었다.

대학교에서도

심지어
군대에서까지

하지만 그런 재능이
그에게 실질적인 도움이
된 적은 없었다.

사람들이 모인 곳에선
늘 그가 제일 재밌는
사람이었다.

중학교 때 한 번
오락부장이라는 의미 없는
명예직을 맡았을 뿐이고.

근데 오락부장은
무슨 일을 하면
되는 거냐?

어… 일단
재밌는 얘기 좀 해봐!

대학생 때는 동기며 선배
후배들까지 술자리마다 재밌기로
소문난 그를 찾았지만

그가 열심히 분위기를 띄운
술자리에서 꼭 다른 녀석들만
여자 학우들과 눈이 맞아
연애를 시작했다.

나는 그저
광대일 뿐이었나…

군대에서도

개웃기네ㅋㅋ

하하..

고참들이 근무 설 때
입을 잘 털어서 안 심심하다고
꼭 그와 같이 조를 짜려고 했다.

하지만 그건 그에게는
그다지 즐거운 일이 아니었다.

근무 때마다 고참들에게
풀어낼 '썰'과 웃긴
레퍼토리들을 준비하는 건

그저 또 다른
업무였을 뿐이니까.

그리고 '재밌는 사람'
이라는 장점은

대학 졸업 후
취업에도 전혀 도움이
되질 않았다.

자소서를
웃기게 쓰거나
면접에서 이야기를
맛깔나게 한다고

합격하는 건
아니니까.

내가 이 사람보다
말 더 잘할 것 같은데…

나도
방송 한 번 해볼까?

그리고 그 순간이,
그의 인생을 바꾸었다.

그는 방송을 시작하고
1년 만에 대기업 임원 연봉을
넘는 수익을 벌어들였고

귀찮 TV ✓
팔로워 1,307,521

그 이후로 그보다
훨씬 더 많은 수익을
창출하게 되었다.

물론 그 이유는

예나 지금이나 한결같이
그는 참 '재밌는 사람' 이었기
때문이었다.

존X 웃기네ㅋㅋㅋㅋ

쳤네 진짜ㅋㅋㅋㅋ

약빨았나 ㄹㅇㅋㅋㅋㅋㅋ

gPro : ㅋㅋㅋㅋㅋㅋㅋ

oon : 장난 없네ㅋㅋㅋㅋㅋ

e22 : ㅋㅋㅋㅋㅋㅋㅋㅋ

0707 : ㅋㅋㅋㅋㅋ미쳐ㅋㅋㅋㅋ

…정보 입력을
마칩니다.

이제 곧 죽습니다

chapter_____20

새로운 계획

일단
물이라도 한 모금 마시고
생각하자…

벌컥

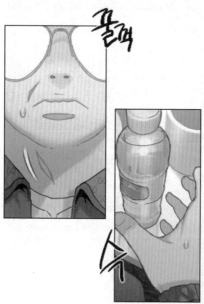

풀썩

슥

벌컥

근데…

몇 명이
보고 있는 거지?

193

Live 채팅방

chohan360 : ㅋㅋㅋㅋ
Baha11go : 레전드ㅋㅋㅋ
hing449 : 얼ㅋㅋㅋ
ji0b7ga : 유튭각 나왔다 ㅋㅋㅋ
007Will89 : 뭐함?
567d3009 : ㅋㅋㅋㅋㅋ
muSujl21 : 뭐하는거야 ㅋㅋㅋㅋㅋ
ani1248 : 완전 웃겨ㅋㅋㅋㅋ
huuu124 : 개그함? ㅋㅋㅠㅠ
092dum2 : ㅋㅋㅋㅋㅋㅋㅋㅋ
s2etvhru8 : 미쳐 ㅋㅋㅋㅋㅋ
to0ig7en2 : 헐 ㅋㅋㅋㅋㅋㅋ

메시지 보내기

보내

레전드…?
뭐야, 그냥 몸개그 한 걸로
넘어가는 건가?

근데 뭐가…

사람들이
나 때문에 웃는 게
썩 나쁘진 않네?

사실은…
좀 기분 좋은데?

그런데
이제 또 뭘 해야 하지??

일단
방송을 좀 꺼야겠어.

저… 여러분.
정말 죄송한데요.

hansum223 : ?
567d3009 : 설마
oo097w : 장난치지 마
22ggrdb : 방송각 잡나?
ghgh890 : ??

제가
잘못 넘어졌는지
허리가 아파서…

하하…

떠링

귀찮 TV ✔ 1,507,521

KimHB 님이 **1,000**원
후원하셨습니다!

아 치킨 시켜놨는데 ──

Live 채팅방

lini092 : 아
43breec : ??????
789ent : ㅋㅋ??? ?
chugaku22 : 凸凸凸凸 凸 凸 凸
milli224 : 오자마자 간다고??
songsari48 : 안 돼!
zzazung05 : 아 귀독 취소한다..
828209 : 뭐야

아…

아무튼 죄송합니다!

타타탁

방송 끌게요!

후..

이거
진짜 빡세네…

끼익

일단 좀 쉬자…

허…?

이거… 혹시
이대로 살 수 있으면…?

아~ 몰랑 쉴래.

간만에 TV나 볼까…

…다음 소식입니다.
과거 국민적 공분을 일으켰던

성범죄자 유길학 씨가 오늘
살해된 채 발견되었습니다.

xxx기자입니다.

…!!

벌써
발견된 건가?

하긴…

부검 결과 피해자는
이틀 전에 살해낭한 것으로
확인됐고

전자발찌 위치추적 때문에
살해되고 얼마 지나지 않아
바로 발견됐다고 합니다.

그놈은
최대한 빨리 발견되길
원했겠지.

경찰은 특히 피해자가
아직 살아있는 상태에서

성기 부위에
심각한 훼손이 가해졌다는
부검 결과를 토대로

길학 사체로 발견되어…

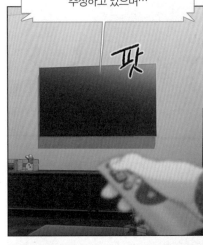

범인은 피해자의
생전 성범죄 사실에 원한이나
큰 불만을 가지고 있었던 것으로
추정하고 있으며…

X발…

또 그 끔찍한
상황이 떠올라…

그래,
정신 차리자.

내가 이런 환경을 보고
이 삶을 유지하고 싶어 하게 되는 것
또한 죽음의 계획이겠지.

그렇게 끔찍하게
죽어놓고도
또 희망을 가지다니

이런 밍청한 놈.

그러니 이번 죽음을 피하려고
내가 노력해봤자 그저 죽음이 짜놓은
틀 안에서 움직이는 것일 뿐이다.

내가 해야 하는 건,
그 틀을 완전히 벗어나는 거야.

그러려면
우선 그 틀에 대해
다시 생각해봐야 해.

죽음은…
지금 '이 짓거리'를
게임에 비유했어.

지익

원래 몸의 주인은
게임을 엔딩까지 보고
끝났다는 건…

이미 자기
운명대로 살다가,
정해진 운명대로
죽었다는 얘기다.

그리고 이미 자기 운명대로
죽은 사람의 몸에 내가 들어가서

정해진 운명과 다른 엔딩도
볼 수 있다는 건…

꼴꼴

아마도 일종의
평행우주 같은 거겠지.

하지만 아까 그 뉴스로
알 수 있는 건 새로 들어간 몸마다
평행우주가 따로 생겨나는 게
아니라

그리고 한 가지 더
알 수 있는 건

죽음과 죽음 사이의
시간 간격이 길지 않으며,
시간의 흐름도 순방향으로만
유지된다는 것.

하나의 평행우주 안에서
내가 여러 번의 죽음을
겪는 것이라는 것이다.

다음 번
죽음으로 넘어갈 때

이번 죽음보다
과거나 미래의 시점으로
가지는 않는다는
이야기다.

208

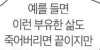

연속성이 있다는 건
'장기적' 계획이
가능하다는 말이고…!

예를 들면
이런 부유한 삶도
죽어버리면 끝이지만

만약에 이 재산을
현금이나 귀금속 같은
현물로 바꿔서
어딘가에 숨겨놓으면

다음번 삶에서
챙길 수도 있다는 거잖아!

이거다.

두근

두근

이거야 말로
틀을 벗어날 수 있는
방법이야!

좋아.
일단 귀금속 같은 게 있으면
챙기고… 현금은 계좌에서
인출해야겠지?

두리번

그리고
또 뭐 현금화할 만한 게
있나?

일단 이 집은…

비싸긴 하겠지만
현금화를 빨리 할 수가 없고

그럼, 자동차!

따악

차는 바로
팔아버릴 수 있잖아?

이 정도 집에
살 정도면 차도
꽤 좋을 텐데!

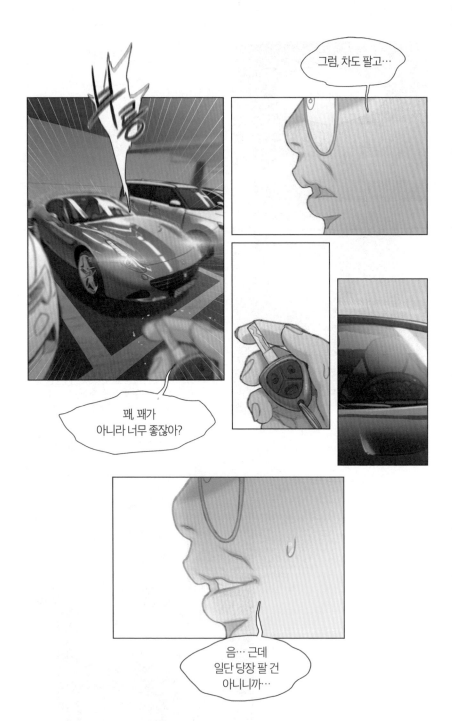

이제 곧 죽습니다

chapter_____21

비밀 프로젝트

하아… 이런 데서
맥주 한 캔
해줘야 하는데…

아니면
여자친구랑 데이트를 하거나.

둘 다면 더 좋고…

나도 옛날에
지은이랑 한강에서
데이트 많이 했었지…

하아…
그게 다 무슨 의미냐.

걘 딴사람하고 결혼했고,
난 이미 죽었는데.

또리

근데
내 장례식엔 왔을까?

아마 안 왔겠지?

속닥 속닥

엇…? 뭐야?

벌떡

내가 쳐다봐서
화났나?

저벅

저벅

저기요.

어… 어쩌지?
딴생각하고 있었던 거라고
설명해야 하나?

그냥 도망칠까?

혹시…

김귀찮 님 아니세요?

네?

맞죠?
방송하시는 거
잘 보고 있어요!

진짜 팬이에요!

아…!

고, 고맙습니다.

감사합니다!

자기야! 얼른 와!
찍어주신대!

실례가 안 된다면
같이 사진 하나 찍을 수
있을까요?

와! 대박!

그러죠

제 여친도
귀찮 님 방송 보거든요

사실 여친이
먼저 알아봤는데 저보고
물어보라고 시킨 거예요.

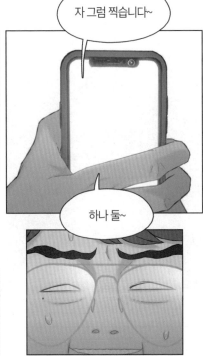

괜히 쫄았네.

난 또 때리려고
그러는 줄 알았더니…

하긴, 내가 지금
유길학인 것도 아니고.

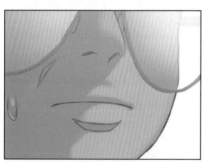

피식

근데 저렇게
날 알아보고 좋아하니까…

좀 괜찮은데?

누가 날 보고
이 정도로 반가워하는 건
유길학일 때뿐 아니라

원래
최이재였을 때도
없었어…!

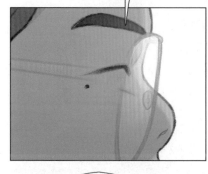

아냐,
정신 차리자.

어차피
이제 곧 죽을 몸이야.
아무 의미 없어.

그래, 이러다 또
언제 어떻게 죽을지 몰라.

절레

널떡

그 계획,
바로 실행하자.

그러니까 아까
그런 계획을 생각한 거였잖아?

그래서 나는 바로
다음날부터 계획을 실행에
옮기기 시작했다.

일단
차를 바로 팔았다.

알고 보니
김구찬은 실시간 방송

그다음엔 김구찬이 가지고 있는
은행계좌들의 현금을 다 인출했는데,

예상보다 훨씬 많은
현금을 가지고 있었다.

광고 수익으로
많은 돈을 벌 뿐 아니라

유X브 채널 수익과

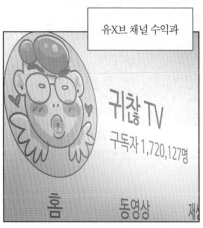

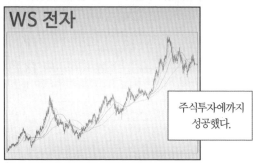

주식투자에까지
성공했다.

'될놈될'이라더니…

뭐, '될놈될'이지만 '죽놈죽'이기도 하지.

나는 코인 다 꼴아박았는데… 씨X…

이렇게 돈이 많아도 죽을 놈은 죽는구나.

아무튼, 10억이 넘는 현금을 인출하면서 처음 알게 된 사실들이 있다.

은행 지점엔 생각보다
현금이 많이 없다는 것.

그리고 내 명의
통장이라도 한 번에
많은 돈을 뽑으면

직원들이 사용처도 캐묻고
서명해야 할 서류도 많으며
상당히 귀찮다는 것.

내가
그런 걸 알 리가 있나…

난 통장에 있는
9천 원 ATM 출금하려고
천 원 입금하고 그랬는데…

그리고
집 안 금고에서 나온
금시계와 금 목걸이까지.

좋아…
근데 이걸 어디다
숨겨놓지?

뉴스에 나온 것처럼
어디 마늘밭이라도 사서
묻어놔야 하나?

아니야.
이 몸이 죽으면 가족들이
재산을 다 정리해볼 텐데…

그러면…

이 사람 명의로
된 곳에는 보관할 순 없어.

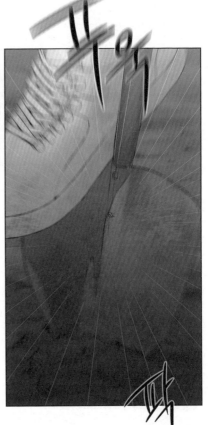

와…
맨땅 파는 거 진짜
개 빡세네.

이 정도면
충분히 묻을 수 있겠는데.

결론은
그냥 산이었다.

몰래 땅을 파도
될 만큼 큰 산이면서

또 주말마다 등산객이
몰려오지는 않는 그런 산.

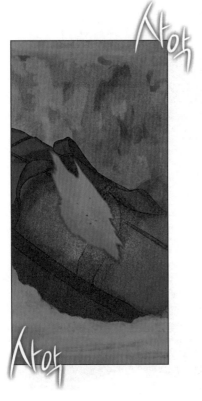

물론 흙수저가
금수저로 변할 만큼의
액수는 아니지만

저 정도면
돈 걱정 없이 살기에
충분한 액수야.

전역하고 오랜만에 나라시…
아니 평탄화작업 해보네.
후우…

아… X나 기대되네.

내 계획을 알면
죽음이 대체 어떤 표정을
지을지.

이 짓 시작하고
처음으로

그 X끼 얼굴이
보고 싶어졌어.

i will die soon

이제곧 죽습니다

chapter_____22

별로 안 괜찮아

이 몸 원래 주인도
어지간히 건강관리를
안했나 봐.

아니면
방송하느라 몸이
상한 건가?

아무튼 저 돈은
다음번에 건강한 몸에 들어가면
찾으러 와야겠…

설마

벌써 다음번으로
넘어가는 건가?

아빠 보고 싶어~
아빠~

최이재.
5살.

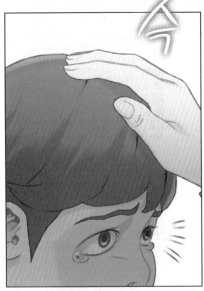

엄마

아빠
왜 집에 안 와?

이재야.
말했잖아.

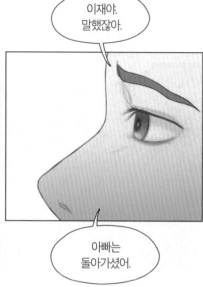

아빠는
돌아가셨어.

돌아가시는 건…

아빠는
돌아오지 못하는 곳으로
가셨다는 뜻이야.

돌아가시는 게
뭔데?

쓱

그러니까,
앞으로 우리 이재랑 엄마랑
둘이서 잘 지내야 해.

그럼…

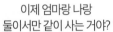

이제 엄마랑 나랑
둘이서만 같이 사는 거야?

그래,
엄마가 우리 아들
꼭 지켜줄 테니까
걱정하지 말고

엄마만 믿어.
알았지?

알았어…

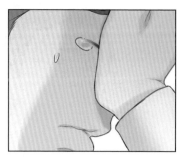

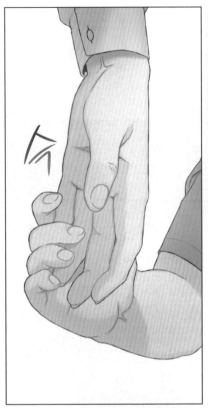

그럼, 나도
엄마 꼭 지켜줄게.

그래,
엄마도 우리 이재만
믿으면 되겠다.

최이재.
25살.

이러고 있으니까
너 중학교 들어가서
처음 교복 맞출 때
생각나네.

그때 엄마가
곧 많이 클 거라고 사이즈
엄청 크게 맞췄는데

중학교 졸업할 때까지
교복이 컸잖아~

우리 아들은
그것도 나름대로
귀여웠어~

…너희 아빠
출근할 때 생각도 나네.

나도 취업하면
이거 입고 멋있게
출근해야지.

아빠처럼.

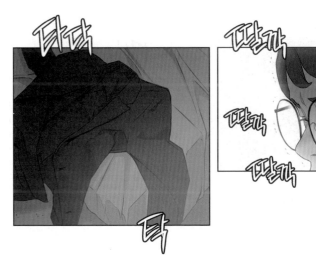

X발.

다음 판엔
무조건 이긴다.

최이재.
29살.

아~씨
오늘 게임이
왜 이렇게 안 풀려!

지잉~

지잉~

아~
이 중요한 때에
누구야?

...

여보세요?

아니
그런 건 아니고…

아들.
이제 졸업한 지도
오래 됐고…

어… 아들.
요새 어때? 괜찮아?

그냥 그렇지 뭐.
왜? 무슨 일 있어?

충분히 노력했으니까
이제 좀 작은 회사라도 알아보고
들어가는 게 어떨까?

학자금 대출한 것도
갚아야 하고…

아~ 엄마.
또 그 얘기야?

내가 쪽팔리게
중소기업을 왜 가?

조금만 기다려 봐.
내가 대기업
꼭 들어갈 테니까.

내가 그런데 갈려고
대학 다닌 줄 알아?

그런 데 들어가면
동기들이 나를 뭐로
보겠어?

아들 못 믿어?

믿지,
당연히 믿는데…

뚜―

······

뚜―

그럼 됐어.

뚝

최이재.
31살.

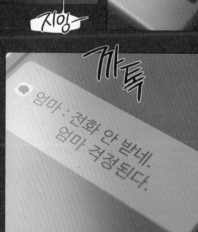

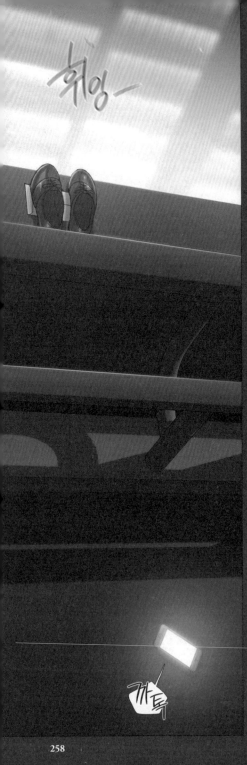

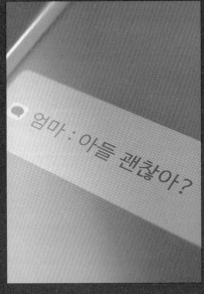

총각, 괜찮아?

이제 곧 죽습니다 2

초판 1쇄 발행 2024년 2월 5일

글 | 이원식
그림 | 꿀찬

펴낸이 | 김윤정
펴낸곳 | 글의온도
출판등록 | 2021년 1월 26일(제2021-000050호)
주소 | 서울시 종로구 삼봉로 81, 442호
전화 | 02-739-8950
팩스 | 02-739-8951
메일 | ondopubl@naver.com
인스타그램 | @ondopubl